詩集

能泉寺ヶ原

田口三舩

目次

花いちりん揺れた朝

老人クラブの会員一同　うち揃って
鎌の素振りなどしながら腕を確かめ合い
恒例の堤防の草刈りである
ちょっと清々しい一日の始まり

しばらくすると
歳はとりたくねえもんだとぼやいたり
来年の草刈りはもう無理だよなどと
あちこちから心細げな声しきり

でもそこはやはり数の力
膝丈ほどの草をなぎ倒して
少々控え目ながらも
笑い声があちこちからわき起こる

とその時

刈り込んだ草の間から
澄みきった空の色を映した花がいちりん
首をもたげて朝の風に揺れている

ぼやきながら誰かが
鎌をちょっと手加減して
この澄みわたった空の色の花に
イノチのひとかけらを吹きかけたのだ

老人クラブの会員一同　来年の方を見やり
ひときわ明るくわっはっはと笑って
今年の草刈りは無事にそして
めでたく終わったのだった

かけ橋のたもとで

世紀を跨ぐかけ橋のたもと
寒櫻が闇の中で咲いている

花の向こう側
まだ見ないものがいっぱいあるという
新しい世紀の方角から
解き放たれた犬がやってくる
人間そっくりの言葉で挨拶する
ヤア　コンニチワ

たくさんの人間たちと
いろいろな形の別れ方を
してきたばかりだったから
俺もありったけの親しみをこめて挨拶する
ヤアヤア　コンニチワ

彼は俺の目を覗きこんで
今度は正真正銘犬の声色で言った
ねえ何処に行けば出会えるんだろう
生まれたての真っ赤な太陽
それならここで待っていればいい
間もなくやってくる
すると彼は言ったのだ
おれはいつだって待っていたさ
でも燃え尽きた太陽しかやってこなかった

人間そっくりの言葉を話す犬は
そう言うと正真正銘犬の歩き方で
太陽が昇る方角に向かって
サヨナラも言わずに立ち去って行った

俺は疲れた魂をもてあまし
飼い主を見失った犬の格好をして
かけ橋の向こう側
まだ見ないものがいっぱいあるという
新しい世紀の方角を目指して
ひとりとぼとぼと歩き出す

戦争が熾烈を極めた日

戦争が熾烈を極めた日
ぽっかりとそこだけ穴があいたような
そんな小さな世界の陽だまりで
老いた男は
空の一角をを見ていたのでした

すると遠い日の
父や母や姉たちの
あの華やいだ声が
男の脳裏に甦ると
突然風景が反転して
かすれた映像が
老いた男に襲いかかってきたのでした

傷ついた子どもの泣き叫ぶ姿
それを必死に抱える若い母親の腕

手足をそぎ落とされ
言葉をそぎ落とされ
表情までそぎ落とされた若者たちの顔

戦争が熾烈を極めた日
ぽっかりとそこだけ穴があいたような
そんな小さな世界の陽だまりで
あの遠い日の
父や母や姉たちの
華やいだあの声を
まるで夢みているように聞きながら
老いた男はなおじっと
空の一角を見ていたのでした

膝をかかえた羅漢さん

折れ曲がった山道の突端で
羅漢さんが
痩せた膝を抱きかかえて
空を仰いでいるのでした

空に突き出た山道の突端で
若いおとこが
痩せた心を抱きかかえて
空の向こう側を覗きこんでいるのでした

太陽が大きく傾いて
山道の突端が陰りはじめると
おとこは自分に言い聞かせるのでした
空の向こうには
やっぱり何もありはしなかったのさ

おとこのすぐ上では
カラスがおとこの言葉の欠片を拾い集めては
鳴き声の形にして
空に投げ返しているのでした

折れ曲がった山道の突端で
痩せた膝を抱きかかえた羅漢さんは
重い時間に耐えながら
薄墨色の空をじっと仰いでいるのでした

神様の寝言

我が家の小犬は姓がタグチで名はミカン
代々木公園の暗い物陰に
こっそりと置き去りにされていたのだが
大の犬好きに拾われて
それを娘が里親として貰い受け
それをまた妻がバッグに忍ばせて
新幹線で連れてきたという次第

芸といえば「お座り」と「お手」が精一杯
居間の真ん中に悠々とおさまって
下から天井を睥睨するその格好は
まるでこの家の神様である

ところでこのミカン
ヨークシャーテリヤの雌で
二〇〇〇年一二月八日生まれ

(と血統書にはっきりと書いてある)
宿無しに血統書付きとはなにごとかと
それはミカンの全く関知しないところだが
この血統書付きの神様が
最近ときどき寝言を言うのである

ムニムニに続いてイッショイッショ
確かにそう聞いたと妻は譲らない
代々木公園の暗い物陰で
きょうだいと一緒の夢でもみているのか
咽喉の奥の方で
木枯らしのように鳴っている寝言
ムニムニイッショ　ムニムニイッショ
そういえば私の耳には
ムニムニナイショ　ムニムニナイショ
とそんな風にも聞こえるのだ

我が家の小犬ミカンの生き様も
人の世に関わってよわい三歳
いよいよ本物の神様のように
人の眼では見えない部分が多くなってきた

歩き方を見ればすぐ分かる

ナカジマのモンは
歩き方を見ればすぐ分かる

背中を丸めて前かがみ
脚を高く持ち上げて
ぴょっこんぴょっこん歩く
ナカジマのモンは
遠くから見てもすぐ分かる

なぜって
大昔
このナカジマは
利根川の川底だった
というわけで村中石ころだらけ
脚を高く持ち上げないと
石ころにけっ躓いて

生爪剥がす

村の年寄りが
まだよちよち歩きだったころ
親から毎日聞かされたという
その話を
年寄りから聞かされたのは
俺が学校へあがる前のこと

ところで　きょうは
町内の道路美化運動
草花のプランターにけっ躓いて
見事に転んだその時
年寄りの話がふっと頭に浮かんだのだ
そうだ
俺はナカジマの生まれ

ナカジマのモンは
歩き方を見ればすぐ分かる

塞の神の立つ峠

なだらかなカーブをいくつか曲がり
道をのぼりつめたところ
集落が一望できる峠の傍らに
男の神と女の神が立っている

真上の空を飛行機雲が一本
東から西へ走りぬけ
男の神と女の神は
互いの手を握り合って
集落のはるか向こうを見ている
石楠花の花が
男の神と女の神に
寄り添うように咲いている

あたりは茫洋として
男の神と女の神の

ささやき合う言葉は
すでに風化していて
峠を去っていった旅人たちが
ふともらした言葉のかけらと
絡まりあって風に舞っている

その時突然
バイクの隊列が
天と地のはざ間から姿をあらわし
エンジン音を響かせて
集落めがけて駆け下りる
石楠花の花が
一瞬イノチの色をふるわせて

陽はいよいよ中天に差しかかり
きょうも峠では
男の神と女の神の表情に
変わった風もなく
ながい一日が暮れていく

アケビ

アケビの実が割れて
白い果肉が横たわっている
裸の女が長い眠りから
目を覚ましたかのようである

熟れたアケビの実は
母親の乳の味だという
思い出しようもない遠い味
種を噛んだら
ほろ苦さが広がった

暗いとばりが
少年たちを窺っていた日
口を尖らせては
アケビの種を飛ばしていた
得意顔の少年がいた

大人にならないまま
この世を去っていった少年の
思い出しようもない遠い笑顔
透きとおった時間だけが
アケビの種にまとわりついて
宙に舞っている

吊し雛

吊し雛はいつだって底抜けに明るい
朱色の糸に結ばれて
ありったけの色を身にまとい
膨よかな笑みをまき散らし

吊し雛は　悲しさを知らない
あるかないかの風に身をまかせ
おのれを主張することもなく
といって風景に溶け込むこともなく

吊し雛は　今日も陽気な歌をうたう
手毬の歌　ロボットの歌
そして星影を縫って舞う
宇宙遊泳の歌

しかしその吊し雛が　密かに

その揺らぎの中に小さな企みを
ひそませていることを
だれも知らない

底抜けの明るさの中で
膨よかな笑みをまき散らし
愛の言葉を一つひとつ紡ぎながら
幼子や母親たちの怨嗟をかき集め

ありったけの色を使い分けて
道化師の仕種よろしく
滅びゆくものの物語を
春の風にそっと
書きしるしていることを
だれも知らない

生まれてはじめての景色を見るように

五年生存率七〇パーセントということは
五年先に生きていられる可能性が
七割ということか
七十六歳の私は考える
男性の平均寿命は七十八歳
これを勘定に入れると
五年生存率七〇パーセントという数字は
満更でもないように思えるが

風にうながされて振り向くと
長年見慣れた赤城山が
ズームで引き寄せるように近づいてくる
茫々とした景色の中で
五年生存率という言葉が
枯れ木の形をして立っている
天辺では七〇パーセントという数字が

カラスの格好をして見下ろしている

おまえ
明日のイノチを考えたことがあるか
カラスは素知らぬ顔のままだ
そこで五年という年月を
あれこれ振り返りながら数えていると
毎日見ている赤城山が
すーっと遠退いていく

するとカラスが
確かに鳴いたのだ
オレタチ　明日ノ
イノチノコトナンカ
考エタコトナイ

私はようやく納得した気分になって
生まれて初めての景色を見るように
今日の赤城山を見ている

小さな空の下で

長かった秋雨があがって
あっちこっちから
小さな空がこの家を
覗きこんでいる

おとことおんなは
互いに向かい合い
小一時間も黙ったまま
冷めたお茶を啜っている

おとことおんなはやがて
それぞれ決められた
居場所があるかのように
ゆっくり動きはじめる

おんなはキャンバスに向かって

小さな花のまわりに風などを流し
まだ見たこともない
愛のかたちとやらを探し続け

おとこは古びたノートを開いて
あの世とやらがあるものかどうか
言葉をかき分けかき分け
思案している

陽が傾いて
団地の前に広がる薮のてっ辺から
ギーッ　ギーッギーッと
百舌の高鳴きが響いてくる

この家の小さな空気のよどみが
まるでおどけた幽鬼のような
形相でそこここに漂いはじめる

夢は朧に陽は西に

震えている
目には見えない程に震えている
遠い日の薄暮の景色
暁色に染まったかすかな記憶

オレを見つめる
サムソン氏の瞳が
どす黒い沼に変わる
オレはその中でもがいている
どこか
それがどこかはわからないが
たどり着かなければならない

悲しいことなんかないのさ
出自不明のサムソン氏
そのかすれたような声

靄の向うに
かすかに陽が射していた
なにか
それがなにかはわからなかったが
朧げに見えていた
オレはずっと夢をみていたのだ
朧げに見えたと思ったのは
オレがいない遠い日の景色

記憶の狭間
錯覚だけが
それでも息絶え絶えに
応えてくれるのだ
オレがたどり着かなければならない
その景色は
遠い日の
サムソン氏が夢みた世界
涸れたどす黒い沼の
記憶の途絶えた向こう岸には
夢から目覚めた朧の花一輪

ひとりぼっちのサムソン氏

何かが確かに終わり
そして何かが始まろうとする日

サムソン氏はいたって無口である
ある朝その彼が
目覚めて突然大声で叫ぶ
ほら　この地球目がけて飛んで来る
地球と瓜ふたつの物体があるんだよ
木々がいっぱい生い茂っていて
鳥たちが囀り空を飛び交い
カミサマが生き物の数ほどもいて
大昔の人たちが夢みた
楽園としか言いようのない
蒼い海に囲まれた
緑の島もあるんだよ

サムソン氏は続けて訴える

そこから何やら聞こえてくるのだよ
とてもこの世のものとは思えない
奇怪な声　どうやら
助けを求めているらしいのだが
皆目わからないのだよ
それは何億光年の彼方から
なんて言ったって　そんな話
誰も信用しないけれど
赤子だけがまるでご詠歌を詠うように
声をあげて泣いている
だから　と言いかけて
サムソン氏は気づくのだ
誰も聞いてなんかいないことに
そしてまた
億万年も眠り続けた石のように
頑なに黙りこむ

サムソン氏はだから
いつだってひとりぼっちである
それでも
何かが確かに終わり

そして何かが始まろうとする日
晴れわたった空の下で
はるか遠くを見つめながら
生きるってことはとか
愛や裏切りについて
考えたりする
失われた古里の風景を
心になぞりながら
この地球から
カミサマが消える日も
こんなに穏やかなのかなと
ふと思ったりする

日向ぼっこクラブ

日向ぼっこクラブなんて
そんな脳天気な集い
どこにもありはしなかったのさ
年寄りがたむろして
日向ぼっこを楽しんでいるように見えた
ただそれだけのこと

ところでここは
この世とあの世の区別が
まるでないみたいなのだ
日に一回むこうからもこっちからも
疲れた顔つきの年寄りがやってくる
別にあの世の話をするわけじゃあない
もちろん
この世の想い出を語るわけでもない

ある日突然
常連が姿を晦ましたとしても
誰も不思議な顔をするわけではない
明日があるさ　と呟いたところで
誰も耳を傾ける者などいないだろう

だから
何を語るでもなく
何を聞くでもなく
僅かに残されたおのれの面影を
日差しと風でこね合わせて
弄んでいるかのように見えた
ただそれだけのこと
日向ぼっこクラブなんて
そんな脳天気な集い　はなから
どこにもありはしなかったのさ

たったひと言だけど

たったひと言だけど
一瞬きらめいて流れ星のように
姿を消していったことばがある

ある時は
玩具箱を引っ掻きまわすように
小さなこころをかき乱し
ある時は
きのうまでの景色を
新しい世界に塗り替えて
少年のこころを
小躍りさせたことば

これ貰っていくぜと言うように
口ぐせを呑み込んだまま
この世におさらばした

幼友達
道端に腰をおろして
眠たそうにたったひと言
生きてるってことは
と言いかけて口をつぐんだ
百歳翁

なかなか本性をあらわさず
そのひしゃげた眼差しで
語りかけてきたことば
咲き誇った花の陰に
じっと身を潜めていたことば

まるでイノチそのもののように
もがきあがいて
わたしの中を這いずりまわり
曲がりくねった道を
つかず離れず
厭きもせずにここまで歩いてきた
たったひと言
わたしだけのことば

もうこれっきり

それが
いつどこでのことだったたか
幼い日の心の中としか
言いようがないのだが
わたしはそこでずっと
泣きじゃくっていたのだった

そのときだった
音もなく近づいた
母の嗚咽が
肩のあたりをふるわせた
これっきりだよ
ほんとうに
もうこれっきりなんだから

私は何を欲しがっていたのだろう

母はなぜ泣いていたのだろう

私が無性に欲しがっていた
そのものには
もうこれっきり
という
限りがあり
限りあるものにはみんな
母の涙みたいなものが
染みついているのだと
そのとき
はじめて知ったのだった

本当に泣いていたんだもん

二〇〇八年冬
東京丸ビル地下街の片隅で
冷凍マンモス　リューバは
じっと黙りこくっていた

掘り出してくれなんて
誰にも頼みはしなかったのに
三万七千年の時を隔てて
生後六ヵ月の小さな生きざまが
突然陽に晒されることになったのだ

そんなリューバに
人は何とかして喋らせようとする
地球温暖化
まさに人類の危機
リューバは心なしか口を曲げ

底なしの青い空を見つめたままだ

その時近くで幼女が叫んだ
あれっ　泣いている
リューバが泣いている
母親が宥めるように言った
あれは笑っているのよ　ほら

私は構内の人混みの中を歩いていた
その時背後の雑踏の中から
泣きわめく幼女の声が
また響いてきたのだ
だって　泣いていたんだもん
リューバは本当に泣いていたんだもん

先様が断りさえしなければ

このからだ
あと数年か後に
わたしと
離ればなれになったとき
原子の粒々になるか
星くずになるか

このからだ
足元の草たちと
きょうだいになれる
蝶々とも
見なれたあの山川とも
きょうだいになれる
極悪人とだって
石ころとだって
神様とだって

きょうだいになれる
先様が
断りさえしなければ

そして
この宇宙が
振り出しに戻ったら
そこでまた
今のこのわたしと
出会うことができる
地球から
遠くはなれた
無量
数千億年も先でのはなし
それも先様が
断りさえしなければ

有り体に言えば

殺風景なわたしの部屋にも
少しは心やすまる飾りものはないかと
むかし訪れた外国の
古城の写真などを飾ってみたのだが
どことなくよそよそしい
あれこれ迷ったあげく思いついたのが
父と母の写真だった

それからしばらくたって
父の目線と母の目線が
微妙にくいちがっているのに気がついた
わたしは遠い日々をかき回して
父と母の汗臭い物語を探し出しては
睨めっこさせてみたり道化させてみたり
時には父と母の写真の横に
季節の花を置いてみたりもしたのだが

どうもぴったりしないのだ

いっそとり外して模様替えでもと
考えてはみたものの
父と母の写真　とり外した後の
ぽっかり空いたその格好が
泣きべそかいていたわたしの
心のかたちにそっくりなのである
有り体に言えば
ただそれだけのことで
目線が微妙にくいちがっている
色あせた父と母の写真
いつになってもとり外せないでいる

誕生花

花には花の
アイデンティティが
あるようで
窓際に咲く花
庭の隅っこに咲く花
墓地に咲く花
陽の光を浴びて
心を焦がす花
闇の中で己をそっと開く花
どの花も
それぞれみんなそれらしく
咲いている

ところで
人に誕生日があるように
花には誕生花というものがあり

三六五日
それぞれの日にそれぞれの花が
割り当てられていて
告白　従順　永遠の愛　などと
役割まできちんと決められている
そのいきさつは定かではないが
花には花の
言い分というものもあるだろう
三六五日から抜け出して
人影の絶えた荒れ野に居座って
ひと息ついている花
幸せそうな表情の裏側に
そっと身をひそませて
秘かに裏切りを企んでいる
そんな誕生花も
きっとあるに違いない

能泉寺ヶ原

ずいぶんと歩いてきたものだ
ふり返ると　一本の道が
ぼんやりと浮かびあがってくる
か細い時間を遡って
小さな集落にたどり着いた
狭い路地に入ると
白地図のように季節が吹き抜けている

さらに遡って行くと
むかし人さらいがあったという
風の中の小さな物語にたどり着いた
薄紙をはがすようにページをめくると
こちらに向かって
しきりに手を振っている人がいる

何か訴えようとしているらしいのだが

それが誰か思い出せない
もの心つかない
おさな子たちのようでもあるし
その子たちを探して歩きまわったという
親たちのようでもある

歩み寄ろうとするのだが
たがいの距離は隔たったままだ
薄闇をはがすようにページをめくると
能泉寺ヶ原が茫々とあらわれて
遠い日の
騒めきばかりがよみがえり
ときには　それが
風と絡み合いすすり泣いているように
聞こえてきたりする

ヤブツバキ

なにごとも
すっきりとお仕舞になるのがいい
姿かたちもはっきりしていて
消える瞬間まで
ぼやけてなんかいないのがいい

なにごとにも
目立たず控えめなのがいい
いたぶられても
気づかないふりをして
ひとり静かに咲いているのがいい

そして
いつか帰らなければと胸に描いていた
ふるさとはそっと
記憶の向こうに押しやっておくのがいい

人影のない里山で
音もなく
地の底に吸いこまれていった
ヤブツバキの花
いちりん
そのたましいは
燃えさかる中天の闇に
翅をひらいたまま溶けていった
蝶のたましいと
なぜか
姿かたちがそっくりなのだった

あとがき

詩集『予兆』発行から十六年。この間同人詩誌、個人詩誌等に発表した詩が殆ど眠ったままになっている。このまま放っておくのも忍びなく、取りあえず初期の作品から素直に気持ちを表現できたと思われる二十二篇を選び、第三詩集として上梓することとした。正確には、戦後間もなくガリ版刷りで出した「詩集」もあったが、さすがにそれは数に入れてない。

さまざまな思い出のこもった作品「能泉寺ヶ原」は、二度と戻ることのないわたしの原風景、新たな旅立ちの原点でもある。そんな思いを込めてこの度の詩集名とした。

発行に至るまで、「現代詩資料館榛名まほろば」の富沢智氏には細部にわたり一方ならぬお世話になった。あらためて御礼申し上げたい。

著者略歴　**田口三舩**（タグチミフネ）
1930年8月　群馬県高崎市生れ
所　属　日本現代詩人会　日本詩人クラブ　群馬詩人クラブ
高崎現代詩の会　詩誌「東国」　個人詩誌「SUKANPO」
現住所　〒370-0005 群馬県高崎市浜尻町824-57
電話・FAX 027-362-1022
E-mail nefgchi@xp.wind.jp

詩集　**能泉寺ヶ原**

二〇一六年八月十一日発行

著　者　田口　三舩
発行者　富沢　悟
発行所　榛名まほろば出版
〒三七〇－三五〇四
群馬県北群馬郡榛東村広馬場一〇六七－二
TEL・FAX〇二七九－五五－〇六六五
http://homepage3.nifty.com/harunamahoroba/
振替口座　〇〇五四〇－五－八〇四七九
ISBN 978-4-907880-05-7
C0092 ¥1500E
定　価　本体一五〇〇円＋税
印刷所　上武印刷株式会社